말을 하는 것은
어려워요

브리지뜨 라베는 작가입니다. **미셸 퓌엑**은 소르본 대학에서 철학을 가르치고 있어요. **자크 아잠**은 일러스트레이터로 〈철학 맛보기〉 시리즈의 모든 그림을 그렸으며, 만화도 그리고 있습니다. 이 책을 우리말로 옮긴 **이영희** 선생님은 프랑스 브르타뉴 남 대학교에서 현대 출판학 석사 학위를 받았고, 헨느 대학에서 조형 미술학 박사 과정을 마쳤습니다. 지금은 프랑스 르망 대학교 어학당에서 한국어를 가르치며, 전문 번역가로 활동하고 있습니다.

철학 맛보기 23 말을 하는 것은 어려워요 — 말과 침묵

지은이 · 브리지뜨 라베, 미셸 퓌엑 | 그린이 · 자크 아잠 | 옮긴이 · 이영희
첫 번째 찍은 날 · 2014년 1월 15일
편집 · 김수현, 문용우 | 디자인 · 박미정 | 마케팅 · 임호 | 제작 · 이명혜
펴낸이 · 김수기 | 펴낸곳 · 도서출판 소금창고 | 등록번호 · 2013-000302호
주소 · 서울시 마포구 포은로 56, 2층(합정동) | 전화 · 02-393-1174 | 팩스 · 02-393-1128
전자우편 · hyunsilbook@daum.net
ISBN · 978-89-89486-83-1 64860
ISBN · 978-89-89486-80-0 64860(세트)

LA PAROLE ET LE SILENCE
Written by B. Labbé, M. Puech and J. Azam
Illustrated by Jacques Azam
Copyright ⓒ 2005 Éditions Milan – 300, rue Léon Joulin, 31101 Toulouse Cedex 9 France
www.editionsmilan.com
Korean translation copyright ⓒ Sogumchango, 2014
This Korean edition was published by arrangement with Éditions Milan through Sibylle Books Literary Agency, Seoul

철학 맛보기 23 말과 침묵

| 브리지뜨 라베 · 미셸 퓌엑 지음 | 자크 아잠 그림 | 이영희 옮김 |

말을 하는 것은 어려워요

소금창고

● 철학 맛보기의 메뉴 ●

그르르릉

덩치 큰 수컷은 당당해요.
가슴을 부풀리고
턱을 앞으로 내밀며
으르렁거립니다.
암컷이 힐끗 돌아보고는
작고 날카로운 소리를
내며 떠납니다.
수컷은 암컷을 붙잡고,
암컷은 멈춰 섭니다.

그르르르르!

넌 참 아름다워

남자가 손에 장미 꽃다발을 들고 초인종을 눌러요.

여자는 거울을 한 번 더 들여다보며 립스틱을 바른 뒤 향수를 살짝 뿌려요.

"안녕, 어서 와."

여자가 문을 열어 주며 말해요.

"안녕. 와, 너 진짜 아름답다!"

남자는 말해요.

여자는 얼굴이 빨개져요.

"어머, 노란색 장미잖아! 내가 좋아하는 색이야!"

여자가 활짝 웃으며 감탄해요.

"내가 신경 좀 썼지."

남자는 예약해 둔 레스토랑이 너무 시끄럽지 않을까 은근히 걱정이 돼요.

이 두 이야기에서 보여준 동물과 사람의 가장 큰 차이점은 바로 말, 언어랍니다.

별, 달, 못생긴, 귀신, 숨어 있는

"당신에게 저 하늘에 초롱초롱 빛나는 별을 따 주고
싶소. 당신을 위해서라면 달이라도 따다 줄 수 있소."

감동과 기쁨으로 심장이 마구 뜁니다. 가슴이 떨리고
미소와 환희에 넘치죠.

"넌 뚱뚱하고 못생겼어. 게다가 늘 일을 망치잖아."

슬픔으로 눈물이 흐르고 뱃속이 뒤틀립니다. 비탄과
고통이 가슴을 쥐어뜯지요.

"네 방 문 뒤에 귀신이 숨어 있어."

충격과 공포 때문에 무릎이 후들후들 떨립니다. 눈물

이 치솟으며 두려워 비명을 지르지요.

따 주다, 별, 달, 뚱뚱한, 못생긴, 귀신… 이런 단어들은 심장을 두근거리게 해요. 부드럽게 감싸거나 마음을 아프게도 하고, 때로는 이것 때문에 뱃속이 뒤틀리지요. 말이 목에 걸려 나오지 않고, 소름이 돋거나 뺨이 붉어지고 온몸에 기운이 쫙 빠진답니다.

말은 한번 뱉으면 주워 담을 수가 없어요. 말은 스멀스멀 상대의 안으로 들어가 마음을 사로잡고, 상처 입히고, 걱정시키고, 명령하고, 싸움을 걸고, 치료해 주고, 기분을 좋게 바꿔 주고, 가르쳐 주고, 용서해 주고, 용서를 구하게 해 줍니다. 특별한 선물을 주는 것도 아니고 무기로 상대를 위협하는

것도 아닌데 말이지요.

생각을 단련시켜요

●   "의자를 생각하세요."

곧바로 머릿속에 의자가 떠오릅니다.

●   "코끼리 등 위에 있는 의자를 생각하세요."

곧바로 의자를 짊어지고 있는 코끼리의 모습이 머릿속에 그려집니다.

●   "해캄을 생각하세요."

전혀, 아무것도 보이지 않습니다. 눈을 감고 집중해 보지만 정말 아무것도 떠오르지 않아요.
그런데 캉텡은 무언가를 떠올리고 있습니다. 초록 빛

깔의 녹조류예요. 캉텡은 머릿속으로 맑은 강물 속에서 자라는 녹조류가 하늘거리는 모습을 보고 있답니다. 해캄이라는 단어를 알고 있었으니까요.

배고픔, 갈증, 차가움, 따뜻함, 공포, 기쁨, 슬픔 등은 저절로 느끼는 감정이지만, 그 감정을 떠올리기 위해서는 단어와 언어가 필요해요.

하지만, 그러니까, 그런데, 왜냐하면

엘자는 조용히 침대에 누워서
남자친구와의 약속을 생각해요.

엘자는 남자친구의 얼굴을 그려 보며 눈, 머리카락을 하나하나씩 떠올리지요. 그리고 혼자 미소를 지으며 감정을 느껴요. 머릿속으로 풍경과 추억들이 차례차례 지나가요…. 그러다가 불현듯 한 단어가 떠올라요. 엘자의 마음을 조용히 파고들지요. 상상과 감정의 세계는 복잡한 언어와 단어와 생각의 세계를 필요로 한답니다.

"다음번에는 카키색 바지를 입을 거야. 으, 그런데 또 이 얘기 하고 있네. 딴 얘기 하자.
어제 본 영화 스토리가 뭐냐 하면…
어, 이런! 내일 비가 오면 뭘 하지?

집에는 데려가기 싫고,

영화를 한 편 봐야겠어.

어떡해. 돈이 없잖아.

부모님께 말씀드려 볼까?

그러면 당연히 어디 가냐고 물어보시겠지.

난 나를 잘 알아. 으…, 말을 더듬거리며 얼굴이 빨개질 테고 부모님은 의심하실 거야.

그렇지만 내가 영화표 값도 못 내면 정말 바보처럼 보일 거야.

그런데 노란색 원피스에 흰색 재킷이 나을까.

아니지, 혹시 풀밭에라도 앉게 되면 꽤 불편할 텐데…

하지만 영화관에 가게 되면 원피스를 안 입고 온 걸 후회할 거고…. 참, 민트 껌이 어디 있더라?"

우리는 생각을 할 때 이런저런 단어를 사용해 앞으로 나아가기도 하고 물러서기도 해요. 딱 맞는 단어가 떠올랐다가도 앞뒤가 안 맞기도 하고, 때로는 억지로 끼워 맞춰야 하죠. 그러나, 그리고, 그러므로, 그런데, 아무것도, 그러니까, 예, 아니요, 아마도… 이런 단어들 없이는 모든 게 불가능해요. 우리가 뭔가를 깊이 생각할 때에는 혼자서 중얼거리기도 해요. 생각하고, 요모조모 따져 보고, 일정을 정하고, 미리 생각을 모아 결정하는 이 모든 것들이 단어와 말을 통해 나온답니다.

사람과 염소

염소가 연못을 향해 다가가고 있습니다.

조심조심 주위를 살피면서요.

사자들도 갈증이 나면 이 연못으로 물을 마시러 오기 때문이지요.

염소는 한 걸음 한 걸음 천천히 연못으로 다가가요.

물가까지는 겨우 1미터밖에 안 남았어요.

이제 한 발짝만 내디디면 연못이에요.

염소는 드디어 물을 마셔요.

염소가 너무 목이 마를 때에는 다른 염소들이 연못에서 물을 마시려다가 사자에게 무자비하게 잡아먹혔다는 이야기에 전혀 겁을 먹지 않아요.

한 사람이 연못을 바라보고 있어요. 마을까지는 그리 멀지 않지만 그 전에 목이 말라 죽을 것만 같아요. 사람은 연못 근처에 종종 사자가 나타난다는 것을 알기 때문에 신중하게 행동하지요. 도대체 동료들은 어디에 있는 거지? 왜 이렇게 늦지?

사람은 머릿속으로 궁리를 한답니다. "일단 내게서 나는 사람 냄새를 지워야만 해. 바람 부는 쪽을 향하면 큰일 나지. 혼자서 연못으로 가는 건 엄청난 위험을 감수해야 할 거야. 그렇다고 그냥 마을까지 가다가는 목이 말라 죽을지도 몰라. 그러니까 제일 좋은 방법은 여기에서 잠자코 동료들을 기다리는 거야. 그들이 나를 보호해 줄 거야."

하지만 염소가 이렇게 말할 수는 없을 거예요. "친구들에게 도움을 청하러 가야 해"라는 식으로요. 염소는 공포심 때문에 도망가죠. 육감만으로 행동하는 거예요.

사람은 생각을 할 수 있기 때문에 연못까지 가 보지 않아도 어떤 일들이 일어날지 가늠해 볼 수 있답니다. 사람은 앞으로 어떤 일이 일어날지 미리 생각해 볼 수 있기 때문에 일단 나무 뒤에 숨어 있지요.

사람이 생각할 수 있는 것은 모두 말과 언어 덕분이에요. 말은 마치 그림을 그리듯이 연못과 사자와 바람과 동료들을 떠올려 볼 수 있게 해 주지요. 그리고 어떤 일이 벌어질지 연상하면서, 다시 말해 머릿속으로 간접 경험을 하면서 지혜를 모을 수 있답니다.

화장실 변기에서 응가를 못 하면
학교에 못 가요!

인간이 활발한 두뇌 활동을 하려면
반드시 단어들이 있어야만 해요.

그렇다면 단어들을 아직 알지 못하는 아기들은 두뇌
활동을 못 하나요?

그렇지 않아요. 당연히 활동을 하죠! 아기는 바보가
아니에요. 하지만 아기는 이제 곧 형이 학교에서 돌아오
니까 자기 과자를 빨리 숨겨야 한다고 말을 할 수는 없
어요. 그리고 부모님이 화장실 변기에 응가를 누지 못
하면 학교에 갈 수 없다고 말해도 응가와 학교가 도대체
무슨 연관이 있는지 물어볼 수는 없어요.

물론 태어나면서부터 아기는 의사소통을 하지요. 소리

지르기, 웃기, 옹알이, 울기, 몸짓과 표정으로 표현하기, 몸을 움직이기 등으로 말이에요. 하지만 아기는 깊이 생각하거나 계획을 세우거나 이럴까 저럴까 망설이거나, 이해득실을 따져 결정하는 일은 할 수 없어요. 아기는 단어나 말하는 법을 아직 잘 모르거든요.

미미, 기다려!

루디는 여동생에게 살금살금 다가가 순식간에 분홍색 토끼를 빼앗았어요. 저런! 그건 여동생이 한시도 손에서 놓지 않고 껴안고 다니는 인형이랍니다.

여동생은 큰 소리로 엉엉 울었어요.

엄마가 오셨을 때 루디는 이미 자기 방으로 잽싸게 사라져 버렸지요.

"미미야, 왜 그래?"

엄마가 우는 미미를 달래며 물었어요.

"발이 침대 난간에 끼였니?

딸랑이를 놓친 거야?

혹시 이가 나려고 하는 건 아니니?

미미야, 우리 귀여운 아기, 어디 보자."

엄마가 미미의 잇몸을 문지르면서 말씀하셨어요.

미미는 몹시 말을 하고 싶을 거예요! 물론 미미가 말을 하게 되어도 오빠는 여전히 미미를 놀리겠지만요. 하지만 미미는 엄청난 것을 발견하게 될 거예요. 바로 말이라는 무기이지요. 말을 하게 되면 미미는 좀 더 강하게 맞서 싸울 수 있을 거예요. 미미야, 조금만 참으렴.

세상의 열쇠

마지막 연주가 끝나자 선생님은 무척 기뻐하셨어요.

"브라보, 마리옹! 이제 거의 다 됐어.

조를 바꿀 때에는 곧장 넘어가야 해.

알토로 연주하고 소프라노로 노래해.

이번 주에 집에서 연습할 때 전체적인 흐름에 집중해.

장조를 단조로 바꾸라고.

너도 잘 알고 있겠지만, 하모니를 아르페지오로 연주하는 것을 잊지 마라."

피아노나 음악을 전혀 모르는 사람은 '도대체 무슨 말을 하는 거야?' 하고 궁금해 할 거예요. 하지만 마리옹은 선생님의 얘기를 금세 알아듣지요. 마리옹은 이 모든 단어들을 다 배웠어요. 단어들을 차근차근 배우면서 음악의 세계로 들어갔거든요.

그런데 왜 양파가 황금색이 안 되는 거죠?

뭐, 할 수 없지.

소스를 만들려면 걸쭉해지게끔 육수를 반 리터 정도 붓고 끓을 때까지 잘 저은 다음 5분 동안 약한 불에 놔둬야 해.

달걀을 저을 때에는 소금을 한 꼬집 넣으면 알끈이 풀어져서 거품이 더 잘 나지. 흰 눈에 더 잘 올라갈 거야.

쇠고기는 오븐을 끈 다음 바로 꺼내지 말고

10분 정도 더 두고 푹 익히면 돼.

요리학교에서 처음 요리를 배우면서 피르망은 이상한

어려워!
달걀이 눈 덮인 산으로 올라가요

나라에 온 기분이었어요. 양파가 황금색이 되고, 소스가 걸쭉해지며, 달걀이 흰 눈에 올라가는 건 또 뭐고, 쇠고기가 꺼진 오븐에서 익는다니요.

시간이 지나면서 피르망은 이 말들이 주는 느낌을 배우게 됐습니다. 요리법을 차츰 익히게 되면서 그 말이 딱 들어맞는 걸 알게 되었답니다. 모든 것들이 이해되고 익숙해졌지요. 그리고 피르망은 아주 훌륭한 요리사가 되었답니다.

"그러더니 환상적인 힐킥에 성공했어!

상대 선수의 다리 사이로 공을 빼내서 페널티 공간 밖에서 한두 발짝 몰고 갔지.

그리고 뻥!

공의 위쪽을 걷어차며 멋진 골을 터트렸다고!"

클레망스와 알리스와 오렐리아는 서로의 얼굴을 빤히 쳐다봤어요. 니콜라와 앙토난이 말하는 걸 전혀 알아들을 수가 없었거든요.

우리가 사는 세상은 아주 커다란 세계와 또 다른 작은 세계로 이루어져 있어요. 음악, 요리, 축구, 그리고 사진, 그림, 철학, 수학, 생물, 컴퓨터, 의학 등등 각각의 세계는 말과 글 또는 이야기로 이루어지지요. 우리는 세상을 살아가면서 여기서 나오는 단어들을 배우는 것이랍니다.

내 단어 목록

물론 우리가 단지 수십 개의 단어만 사용하고도 세상을 살아갈 수는 있어요. 하지만 만약 정해져 있는 몇 개의 단어만 사용해서 어떤 것에 대해 설명해야 한다면 어떻게 될까요? 말이 계속 같은 자리만 맴돌 것이고, 생각이 막혀서 다른 사람에게 설명하는 데 많은 어려움을 겪게 될 거예요.

"들어 봐, 이 이야기는 그렇게 착하지도 나쁘지도 않은 남자의 이야기야. 영화 초반에 그 남자는 한 여자를 만나서 잘 풀려 나가. 그런데 나중에는 아주 문제가 복잡해지지."

질이 친구에게 영화를 이해시키려면 더 많은 단어들이 필요하겠지요.

"들어 봐, 이 이야기는 이중인격을 지닌, 아주 착하면서도 아주 못된 남자의 이야기야. 어느 날 이 남자는 한 여자를 만나 사랑에 빠져. 그런데 남자의 이중인격 때문에 두 사람의 사람은 끊임없이 혼란을 겪게 되지."

우리의 단어 목록이 풍부할수록 다른 사람을 이해시키기 위해서 필요한 좋은 단어와 적절하고 정확한 말을 선택할 기회가 생긴답니다.

말의 힘

　　보도블록에 사람들의 구두 소리가 요란한 걸로 보아 많은 사람들이 오가는 걸 알 수 있어요. 그런데 다들 바쁜 모양이에요. 동냥 그릇에 동전을 넣는 사람은 아무도 없답니다. 거지는 앞에 놓인 작은 종이 팻말에 이런 글을 적어 두었지요.

　　"저는 장님입니다. 도와주셔서 감사합니다."

　　그때 누군가 그에게 다가와 물었어요.

　　"제가 여기에 다른 것을 적어도 괜찮겠습니까?"

　　"그러세요."

　　거지는 고개를 끄덕이며 말했어요.

　　그 사람은 무언가를 적고 떠났어요.

　　얼마 안 있어 동냥 그릇에 동전 떨어지는 소리가 났어요.

　　툭, 땡그랑!

동전 소리는 계속해서 들렸답니다.

장님 거지는 그 사람이 대체 팻말에 뭐라고 썼는지 궁금해졌어요.

거기에는 이런 말이 적혀 있었습니다.

"봄이 왔어요. 그런데 저는 그것을 보지 못합니다."

시적인 말

"봄이 왔어요. 그런데 저는 그것을 보지 못합니다"

라는 구절을 읽은 사람들은 나무에 핀 꽃을 상상하기도 하고,

하늘하늘한 원피스를 입은 소녀를 상상하기도 하죠.

어떤 사람들은 첫 수확한 딸기의 달콤한 맛을 보기도,

제비들이 지저귀는 소리를 듣기도 해요.

그리고 어떤 사람들은 햇살의 따뜻함을 느끼고,

어떤 사람들은 캄캄한 어두움을,

또 다른 사람들은 슬픔이나 우울함을 떠올리기도 하지요.

간단한 몇몇 단어와 말들이 우리를 멋진 여행과 꿈의 세계로 데려가죠. 그리고 냄새, 맛, 소리, 느낌을 떠올

리게 한답니다.

우리는 시와 마찬가지로 단어도 좋아할 수 있어요. 단어가 가진 각각의 의미를 존중하며 세심하게 선택할 수 있고, 좋아하는 단어로 좀 더 명확하게 표현할 수 있고, 행복과 기쁨으로 단어를 음미할 수도 있어요.

환희, 슬픔, 우울함, 쓸쓸함, 희망, 절망, 분노, 실망, 사랑, 우정, 상처, 비애 같은 인간의 신비스러운 감성을 말이에요.

예!

"장 앙드레 뒤퐁은 지금 이 자리에서 신부 베로니크 잔느 조르제트 뒤랑을 아내로 맞으시겠습니까?"

"예."

장이 대답했어요.

"베로니크 잔느 조르제트 뒤랑은 지금 이 자리에서 신랑 장 앙드레 뒤퐁을 남편으로 맞이하시겠습니까?"

"예."

베로니크도 대답했어요.

단 한 글자인 "예"라는 간단한 말을 통해 장과 베로니크의 결혼이 이루어졌어요. 행동

에는 말이 따르지요. 다시 말해 모든 행동은 말이 있어야 이루어진답니다. 결혼하다, 약속하다, 용서하다, 욕하다, 거짓말하다와 같은 행동은 말과 함께 이루어지는 것입니다.

거기에 해당하는 말을 함으로써 비로소 완성되는 것이지요.

장난으로 그런 거예요!

"닥쳐, 더러운 검둥이 녀석!"

선생님이 깜짝 놀라 돌아보았어요.

친구에게 그런 말을 하다니 너무나 놀랐답니다.

"아, 아니에요, 선생님. 맹세해요. 그런 게 아니에요. 저는 흑인에 대한 나쁜 감정은 전혀 없어요. 저는 인종 차별주의자가 아니라고요. 그저 장난으로 해본 말이에요. 절대 모욕할 뜻은 없었어요."

어쩌면 사실일지도 몰라요. 장난삼아 아무 뜻 없이 그렇게 말했을지도 몰라요. 그저 옆자리에 있는 친구를 난처하게 만들 생각으로 말이에요. 그렇지만 이것은 심각한 문제가 된답니다. 그런 말을 한 아이는 가장 중요한 것들을 이해하지 못하고 있거든요. 말이 가진 힘과 위력이 얼마나 큰지 모르고 있는 거죠.

날카로운 칼은 칼날이 손에 닿지 않게 손잡이를 잡아야 한다는 것쯤은 누구나 쉽게 배우게 됩니다. 타고 있는 장작은 집게로 잡아야 한다는 것도요. 운전을 할 때에는 사람이 다치지 않도록 조심해야 한다는 것도 알지요. 단어도 역시 신중하게 선택해야 하고 좋은 방향으로 조심해서 골라 써야 한답니다.

뤽과 레오

뤽: "난 이 일이 너무 좋아. 보스를 만나면 무슨 일이 있어도 이 일을 하게 해 달라고 매달릴 거야. 작업복 바지를 붙들고 꼭 뽑아 달라고 싹싹 빌기라도 하면 어떻게든 되지 않을까?"

레오: "이 일은 몹시 흥미로워. 면접할 때 난 최선을 다할 거야. 그동안 준비한 것들을 보여 주고 조리 있게 말하면 잘될 거야."

직접 눈으로 보지 않아도 뤽과 레오가 어떤 사람인지 충분히 상상할 수 있어요.

레오는 절대로 머리를 알록달록하게 염색하거나 어깨에 문신 같은 것을 하지 않을 사람이고, 뤽은 평소에 넥타이를 매고 정장을 입지는 않을 것이 확실해요. 말은 단지 글자를 늘어 놓은 것이 아니에요. 말에는 그 말을 하는 사람의 목소리, 억양, 어조, 속도 등이 포함되어 있습니다. 말하는 것을 잘 들어 보면, 레오는 긴장하고 있지 않은 데 반해, 뤽은 스트레스를 받고 있다는 것도 추측해 볼 수 있어요.

조심하세요! 말은 우리의 모습을 그대로 보여 주거든요. 사진보다도 자신의 모습을 다른 사람에게 더 잘 보여 줄 수 있는 소리 이미지랍니다.

침묵은 사람을 죽여요

모리스와 모리세트는 멀리서 손 하나가 물속에서 나왔다 들어갔다 하는 것을 보았어요.

모리세트는 참 이상하게 수영을 한다고 생각했지요. 마치 배영 연습을 하는 것처럼 보였답니다. 하지만 모리세트는 지금까지 팔 하나로 수영하는 사람을 한 번도 본 적이 없어요.

모리스는 자리에서 벌떡 일어났어요. 혹시 물에 빠져 허우적대는 것은 아닌지 의심이 들었답니다.

'에이, 관두자. 수영은 안전한 곳에서 해야지. 난 수영 선수도 아니잖아. 귀찮은 일에 말려들고 싶지 않아.'

모리스는 신문을 다시 집어 들며 중얼거렸어요.

세상에 모리스와 모리세트 같은 사람이 있어서는 안 되겠지요. 이들은 정상적인 사람이 아니라 괴물이 분명

해요. 당연히 바로 물에 뛰어들었거나 주위 사람들에게 알려 도움을 청하고 구조대에 전화했어야 했어요.

그런데 두 사람은 아무것도 하지 않았어요. 아무런 행동도 하지 않았답니다.

말하지 않는 것이 곧 행동하지 않은 것과 마찬가지일 때가 있어요. 이런 일을 보고도 침묵을 지키는 사람들은 어린이를 학대하는 어른들을 그저 이상하다고 여길 모리스와 모리세트와 같은 사람이에요.

아기는 어떻게 생겨요?

"아빠, 아빠! 아기는 어떻게 생겨요?"

"음, 어… 그러니까… 그게 말이다…. 아, 그래, 저기 엄마가 오시는구나, 엄마한테 물어보렴."

"엄마, 엄마! 아빠가 아기가 어떻게 생기는지 모른대요. 엄마는 알죠. 그렇죠?"

"그래, 잠깐만 기다려 봐, 일단 옷 좀 벗자꾸나. 손도 좀 씻고….

그래 그러니까 아까 뭘 물어봤더라? 아, 그렇지, 아기가 어떻게 생기냐고? 어? 벌써 7시네?

너 잠옷 안 갈아입고 여태 뭐 하는 거야?

얼른 씻어야지!"

어른들은 아이들의 질문에 대해 얼른 대답하지 못하는 경우가 많습니다. 대부분 어색해서 그러기도 하고 어떤 단어를 골라 얘기를 해야 할지 몰라 망설이는 거죠. 말을 잘 못할까 봐 겁을 내요.

이렇게 되면 곤란한 문제가 생기지요. 궁금한 게 있어 질문을 했는데 제대로 대답을 안 해 주고 넘어가면 아이는 그것이 불결하고 형편없고 창피한 것이라고 단정해 버릴 거예요.

무거운 침묵

"로제 삼촌은 어떻게 돌아가셨어요?"

"쥘리앙, 그 말은 내가 백 번도 넘게 했잖니?

로제 삼촌은 심장마비로 돌아가신 거야."

"그게 뭔데요?"

"너도 알잖아. 심장이 멈추는 걸 말해."

"어째서 그런 일이 생기죠?"

"그냥, 갑자기 심장이 멈추는 거란다.

아주 드문 일이긴 하지만 가끔은 일어난단다."

"갑자기 그런 일이 일어났다고요?

로제 삼촌은 여름방학 때부터 병원에 계셨잖아요.

그런데 어떻게 의사 선생님이 그걸 모를 수가 있죠?

그럼 병원에 입원하라고 왜 그랬대요?"

"쥘리앙, 사실 나도 잘 모른단다. 아빠한테 물어보렴.

아빠는 어쩌면 너한테 더 잘 설명해 주실 수 있을지도

몰라."

"그렇지만 아빠는 말하기 싫어하세요.

제가 로제 삼촌에 대해서 물어볼 때마다

입을 꾹 다물고 아무 말씀도 안 하신다니까요."

쥘리앙은 사람들이 삼촌에 대해서 뭔가 감추고 있다는 기분이 들었어요. 장난감 경주 자동차로 시합을 하며 함께 놀아 주던 삼촌은 쥘리앙이 세상에서 가장 좋아하는 분이었답니다.

엄마는 그 얘기를 입 밖에 내는 걸 꺼렸고, 아빠 역시 침묵을 지키는 게 쥘리앙으로선 이해가 되지 않았어요. 쥘리앙은 아빠의 이런 행동이 계속 마음에 걸렸답니다.

저녁에 자려고 침대에 누워서 쥘리앙은 이런저런 생각을 합니다. '어쩌면 나쁜 사람들이 로제 삼촌을 죽인 건지도 몰라. 혹시 그 사람들이 아빠를 죽이

려 들면 어떡하지? 아니면 삼촌이 사는 게 힘들어서 자살한 건 아닐까? 그렇다고 해도 나한테 작별 인사는 해야 하는 거잖아. 더 이상 날 사랑하지 않게 된 걸까? 아니야, 절대 아니야. 그렇지만 삼촌이 아팠었다고 왜 아무도 나에게 말해 주지 않았지? 차마 얘기하기 어려운 병에라도 걸리셨던 걸까? 아냐, 어쩌면 삼촌은 아직도 살아 계실지도 몰라. 삼촌을 찾아봐야 되지 않을까? 맞아. 내 생각이 맞을 거야. 삼촌을 찾아야겠어.'

쥘리앙은 이런 결론을 내리고 마침내 잠이 들어요.

어떨 때에는 침묵이 너무 무겁게 느껴져요. 뭔가 짓눌리는 느낌 있잖아요. 그런 기분에서 벗어나기 위해 계속해서 답을 찾으려고 애를 쓴답니다. 하지만 분명히 말을 해 주지 않으면 생각하고 있는 게 과연 맞는 답인지 영영 알 수 없지요.

어떨 때에는 이 침묵이 평생을 갈지도 몰라요. 그래서 살아가는 내내 그 답을 찾으려 애쓰면서 늘 침묵의 무게에 짓눌리겠지요.

말하는 것은 어려워요

"난 절대 말 못 해. 도대체 어떻게 말해야 좋을지 모르겠어.

정말 끔찍해. 그런데 내 마음은 정말 말하고 싶거든. 맹세할 수 있어.

그렇지만 막상 얘기하려고 하면 입이 떨어지지 않아. 목구멍에 걸려 말이 나오지 않는 거야."

"자, 생각해 봐. 특별히 어려울 게 뭐 있어?

그냥 눈 딱 감고 '널 사랑해'라고 말해 버리면 돼. 아주 간단하다고."

"너보고 말하라는 게 아니잖아. 네가 내 속을 볼 수 있으면 좋겠다!"

나타샤가 대답해요.

가엾은 나타샤는 스트레스를 많이 받고 있어요. 그런

데 그건 당연한 거예요. 말하는 것은 어려워요. 모두 다 어렵다고 생각해요. 그렇지 않다고 얘기하는 사람도 사실은 말만 그렇게 할 뿐이랍니다! 자신이 직접 말하는 것보다 도망치거나 숨어 버리고, 자기 대신 다른 사람에게 말해 달라고 하는 편이 더 쉬워요.

화가 날 때 말로 자기 기분을 설명하는 것보다 문을 쾅 닫아 버리는 게 더 쉬워요. 잘못했다고 느낄 때 미안하다고 말하는 것보다 슬그머니 자리를 피하는 것이 더 쉽답니다. 어쩌다 좋은 말을 할 때에도 왠지 낯간지럽고 어색한 기분이 들지요.

말을 하는 것은 이처럼 어려워요. 그건 누구나 마찬가지랍니다.

사람을 치유하는 말

우리는 남에게 자신의 문제에 대해서나 삶의 고단함, 또는 슬픔을 말하는 것을 어려워해요. 마치 자신의 문제도 함께 침묵을 지키고 있는 것 같아요. 말하지 않고 참고 속으로 감추면서 그 문제들을 잊어버리기를 바라는 거지요.

소니아는 비명을 지르며 얼른 불을 켰어요.

후유, 악몽을 꿨나 봐요.

악몽치고는 너무나 끔찍했어요!

침대 옆 탁자에서 시커먼 눈이 툭 튀어나오더니 서랍을 열었다 닫았다 요란을 떨었답니다. 성큼성큼 침대로 다가오는 장롱은 영락없이 박쥐 같았어요. 그리고 책상은 난폭하게 의자를 마구 짓밟았고요.

불을 켜 보니 방 안은 달라진 게 아무것도 없었어요.
가구들은 모두 제자리에 얌전히 놓여 있습니다. 소니아
는 자기를 위협하는 게 아무것도 없다는 걸 확인했어요.
말을 하는 것은 이처럼 불을 켜는 것과 같답니다.

"말을 꺼내 놓고 나니 기분이 훨씬 좋아졌어요. 믿을
수 없을 만큼이요."

누구나 한 번쯤은 이런 느낌을 받은 적이 있을 겁니다. 누군가에게 속에 있는 생각을 말한 다음에 말이에요. 물론 상대가 믿을 만한 사람이어야겠죠.

당연히 쉬운 일은 아니지요. 처음에는 마음이 아파요. 말로 자신의 심정을 표현하다 보면 슬픔이 북받쳐 오르기도 해요. 새삼 분노가 치밀며 모든 것을 다 망가뜨리고 싶은 기분도 들고요. 그리고 막상 말을 뱉어 놓고 보니 고통이 되살아납니다. 아마 깊숙이 박힌 가시를 빼내려고 살갗을 후빌 때의 고통과 비슷할 거예요.

하지만 모든 걸 말로 다 털어놓고 나면 기분이 훨씬 좋아져요. 이처럼 말은 사람을 편안하게 하고 치유해 주기도 한답니다.

듣는 것은 어려워요

말할 상대를 잘 선택한다면 아마 마음이 한결 편해질 거예요.

"난 걔한텐 절대 말 안 해. 사람들한테 다 떠들고 다닐까 봐 겁나거든."

상대에게 믿음이 없다면 말을 할 수 없어요.

"됐어. 내 문제에 관해선 그 친구에게는 절대로 말 안 할 거야. 내가 한 말을 듣고 나면 무섭고 겁이 나서 잠도 이루지 못한대. 나보다도 그 친구가 더 무서워한다니까. 내가 어떻게 될까 봐 계속 생각하나 봐. 그래서 말을 하고 난 다음에 오히려 더 힘들어지더라고."

상처를 보고 당
황한다거나 환자
가 고통스러워 하
는 걸 견디지 못하
고 피를 보면 실신하
는 의사를 찾아가는 사람
은 없을 거예요! 상대의 이
야기를 들으며 마치 자기 일
처럼 받아들이고 힘들어 하면

편하게 말을 할 수가 없답니다. 상대의 이야기를 들어
주는 것이 아니라 같이 고통스러워 하거든요. 결국 말을
한 사람이 힘들어지고 미안한 생각까지 들게 된답니다.

"나 걔한테 말하려던 거 그만둘래. 이야기를 하다 보
면 마치 내가 평가당하는 기분이 들어서 말이야."

누군가에게 얘기를 했을 때 자신이 평가당하고 비평
당하는 듯한 기분이 들면 당연히 말하고 싶지 않을 거예요. 마음 놓고 말할 수 없으니까요.

"그 사람은 내가 무언가를 털어놓으면 속사포처럼 충고를 한다니까. 내가 해야 할 일들을 끝도 없이 늘어놓지. 이렇게 해라 저렇게 해라. 그리고⋯."

남에게 말을 하는 이유는 사실 간단해요. 마음이 너무 혼란스러워서 밖으로 쏟아 내고 싶어서랍니다. 말을 하는 것만으로도 한결 홀가분해지거든요. 적어도 그 순간만큼은 남의 충고에 눌려 녹초가 되고 싶지는 않답니다. 단지 누군가에게 속마음을 털어놓고 싶을 뿐이에요.

이렇게 남의 말을 들어 줄 줄 아는 것은 매우 큰 장점이에요.

이것은 하나의 직업이 되기도 해요. 정신과 의사나 심리 치료사에게 말하러 가는 사람들이 있지요. 말하자면 다른 사람이 말하는 것을 들어 주는 직업이랍니다.

또 전화하니!

"정말 이해가 안 되는구
나. 하루 종일 친구들과
있었으면서, 집에 오자마자
전화로 얘기할 게 또 뭐가 있
니? 지금도 그래. 계속 문자
를 주고받고 있잖아. 도대체
무슨 할 얘기가 그렇게 많은
거야? 내일 아침까지 도저히
기다릴 수 없는 거니?"

맞아요. 내일 아침까지는 기다릴 수가 없답니다. 왜냐
하면 사실 아무것도 말할 게 없거든요. 엄마 말씀이 옳
아요. 하지만 그저 말하고 싶은 것뿐이랍니다. 지금 당
장, 그리고 매일매일요.

참 이상해요. 인간은 이야기할 게 아무것도 없어도 말을 합니다. 하지만 그러면 어때요? 음식을 먹는 게 꼭 영양분을 섭취하기 위해서일까요? 그렇지 않아요. 단지 기쁨을 위해서 맛있는 케이크를 맛보기도 해요. 음료수를 마시는 게 꼭 갈증을 해소하기 위해서일까요? 그렇지 않답니다. 기분 전환을 위해 차가운 민트향 음료를 마시거나 달콤한 핫초코를 마시기도 해요. 그렇다면 오직 결정하고 계획하고 심사숙고하고 의견을 나누거나 싸우기 위해서 말을 하는 걸까요? 아니에요.

따지고 보면 별것도 아닌 일인데도 이런저런 얘기를 나누는 것은 진짜 재미있어요! 우리는 누군가와 끝없이 대화를 나누고 싶어 하고, 같은 말을 되풀이하면서 지치지도 않고 얘기를 한답니다. 이 즐거움은 중요해요. 다른 사람과 이야기를 주고받으며 서로 공감대가 생기는 거죠. 특히 학교가 끝나 친구와 헤어져 집에 왔을 때 그런 기분을 이어 가고 싶은 거랍니다.

조용히 해!

"근데 당신 정말 그 사람한테 투표할 거야?
그런 사람이 뭐 볼 게 있다고!"
장이 화난 목소리로 말했어요.
"왜 그런 말을 해요? 그 사람이 지금까지 한 일을 봐
요. 어린이집과 학교를 세운 게 한두 개가 아니잖아요."
장의 아내가 지지 않고
대꾸했어요.
"그런데 학교에서…"
그레고와르가 부모
님들이 말하는 틈에
끼어들었어요.
"학교랑 어린이
집? 그래 좋아. 그렇
지만 세금이 엄청나

게 올랐잖아."

"그런데 학교에서…"

그레고와르가 다시 말을 꺼냈지만 엄마 아빠는 들은
척도 하지 않았어요.

"맞아요. 하지만 당연한 거 아니에요? 뭔가를 하려면
돈이 있어야 하니까요."

"나 학교에서 그러는데…"

"그레고와르, 조용히 해!"

오늘 학교에서 반 아이들끼리 선거에 대한 이야기를
나누었답니다. 그래서 그레고와르도 뭔가 하고 싶은 말
이 있었는데, 부모님은 그레고와르에게 말할 기회도 주
지 않았지요. 그레고와르는 눈물이 쏟아질 것 같았어요.
그대로 사라지고 싶었답니다. 말할 권리가 없다는 것은
끔찍해요. 마치 존재할 권리가 없는 것과 같지요. 자신
이 아무것도 아닌 것처럼 여겨지니까요.

플로리안은 슬펐어요. 스무 번도 넘게 손을 들었지만

선생님은 한 번도 플로리안의 이름을 불러 주시지 않았
거든요.

'선생님이 날 싫어하는 게 분명해.'

플로리안은 속으로 생각했어요.

어쩌면 선생님이 플로리안을 못 봤을 수도 있어요. 그
러나 플로리안은 선생님이 자기한테 관심이 없고 뭔가
언짢은 일이 있어서 일부러 그러신 거라는 생각을 해요.
왜냐하면 선생님은 플로리안에게 말할 기회를 주지 않
았기 때문이에요.

누군가가 자기에게 말할 기회를 줄 때, 누군가가 자기
의 말을 진심으로 들어 줄 때 우리는 상대가 자신을 인
정한다는 생각을 갖게 돼요. 마치 "나는 너를 봤어. 너
는 존재해. 너는 중요한 사람이야"라고 말하는 것과 같
지요. 이제 말할 권리가 왜 인간의 권리, 나아가 어린이
의 권리가 되는지 알겠지요?

머릿속의 폭풍

바람이 세게 불어요. 회오리바람에 날린 낙엽이 온 사방을 휘젓고 다녀요. 무거운 먹구름이 순식간에 파란 하늘을 뒤덮어 버렸지요.

우리의 머릿속도 마찬가지예요. 가끔은 머릿속이 혼란스러울 때가 있어요. 단어들이 소용돌이치며 머릿속을 온통 휘젓고 다니거나 제자리를 뱅뱅 맴돌지요. 잠깐 정신을 가다듬으려고 하면 그 순간 더 멋진 말들이 정작 하려던 말을 집어삼켜 버린답니다.

머릿속을 비우는 일도 쉽지 않고 깊은 내면의 평화를 찾는 것도 쉽지 않아요. 아주 중요한 일인데 말이에요.

생각을 차근차근 정리하려면 머릿속이 평온해져야 한

답니다. 깊이 생각하고 집중하기 위해 이따금 옆에서 말
없이 침묵을 지키며 지켜볼 필요가 있지요.

침묵할 권리

"괜찮다면 네가 사랑하는 사람이 있는지 알고 싶어. 넌 남자에 대해서는 한마디도 안 하잖아, 제발 감추지만 말고, 말 좀 해 보라고!"

샬렌은 대꾸하지 않아요. 입을 꾹 다문 채 침묵을 지킬 뿐이지요. 누군가 자신의 영역을 침범하려고 할 때, 또는 누군가의 말이 자신의 사생활을 방해하려 할 때, 침묵은 아주 좋은 방패막이가 된답니다. 우리는 종종 말할 기회를 갖고 싶어서 다투기도 해요. 말할 권리를 갖기 위해서도 마찬가지지요.

하지만 우리에겐 침묵할 권리도 있답니다.

말하는 침묵

- "어때? 내 새 머리스타일 마음에 들어?"
- 줄리가 물어봐요.
- 침묵.
- "내 새 머리스타일 괜찮냐고?"
- 줄리가 침묵으로 물어봐요.

침묵은 길게 이야기하는 말이랍니다.

여기서는 침묵마저도 아름다워요

조금만 더, 마지막 젖 먹던 힘까지 짜 보자고!

결국 그렇게 애쓴 보람이 있었지요.

피에르와 잔느는 마침내 정상에 도착했어요.

발 아래 멋진 경치가 펼쳐졌답니다!

그 모습이 너무나 아름다워 피에르와 잔느는

입을 다물지 못했지요.

태어나서 이렇게 아름다운 광경은 처음 보았거든요.

피에르와 잔느는 서로를 마주 보았어요.

그러나 누구도 입을 여는 사람이 없어요.

여기서는 침묵마저도 아름다워요.

두 사람은 그저 말없이 눈앞에 펼쳐진 풍경을 음미해요. 과연 그 어떤 말이 피에르와 잔느가 느낀 감동을 대신할 수 있을까요? 그 어떤 말이 마법 같은 이 순간을

묘사할 수 있을까요?

　말로 다 형언할 수 없다는 말처럼, 말로 모든 것을 다 말할 수 없어요. 어떤 감정은 침묵 속에서 더 뚜렷해진답니다.

또 말해 줘요

"잔느. 우리가 산 정상에 올라갔을 때 생각나요?"

이반과 주스틴은 웃으면서 서로 쳐다봐요.

도대체 할머니 할아버지가 암벽을 타는 모습은 상상 조차 하기 어려워요!

"당연히 기억하죠! 둘이서 손을 맞잡고 산 아래를 내려다봤잖아요. 그저 말없이 말이에요."

"맞아요. 우리가 너무 늦게 도착하는 바람에 밤이 되어 버렸었지요."

"다행히 보름달이 떠서 멀리 산장 지붕이 환히 빛났잖아."

"아! 산장에서의 밤. 피에르, 난 그때를 평생 잊지 못할 거예요."

"아, 정말 굉장한 밤이었소!"

"산장 벽이 울리도록 코를 곯아 대는 놈을 죽일 뻔했

잖아요."

　　이반과 주스틴은 할머니와 할아버지가 너무 피곤해서
잠도 이루지 못하고 아침이 되자마자 산을 내려오셨다
는 이 얘기를 정말 좋아해요. 밤새 눈이 내려서 무릎까
지 푹푹 빠졌대요…

자, 네 할머니를 어떻게
만나게 됐는지 말해 줄게.

좋아요!

벌써 125번째예요.

우리에게 일어난 일을 말하는 것은 모두에게 중요한 일이에요. 우리는 수도 없이 같은 이야기를 되풀이하게 되지요.

"초등학교 1학년 때 우리가 얼마나 서로 싫어했는지, 지금 생각하면 정말 신기하지 않니?", "지리 시간에 미친 듯이 웃었던 거 기억나?", "저 태어날 때 어땠었는지 다시 얘기해 주세요."

우리는 사건이나 세상, 인생 등에 대해서 이야기해야 할 필요가 있어요. 말로 표현해야만 그 일들이 실제 있었던 일이 되는 것과 같지요. 이반과 주스틴이 나이가 들어 할아버지 할머니가 되어서 잔느와 피에르가 세상에 없어도 이반과 주스틴이 끊임없이 나누는 말 속에서 여전히 존재할 거랍니다.

시적인 말과 현자의 침묵

우리는 살면서 매일같이 말이 지닌 힘을 이용해 삶을 꾸려 나가고 자기 자신을 정립해 나간답니다. 하나의 세상을 창조해 나가는 것이지요. 이것이 바로 시이자 인생이에요.

말이 모든 것을 뒤죽박죽으로 만들 때, 삶에 대해 말하는 것이 더 이상 불가능할 때 침묵의 힘이 필요해요. 진정한 현자는 말할 때와 침묵할 때를 알지요.

나만의 철학 맛보기 노트

진짜 철학 맛보기

가끔씩 친구들 두세 명 또는 여럿이서 모여 영화를 보거나 놀이를 하지요. 또 발표 숙제를 준비하거나 음악을 듣기도 하고요. 때로는 친구들과 있으면서 특별히 무언가를 하지 않을 때가 있는데, 이럴 땐 모두가 관심 있어 하는 주제에 대해 대화를 나누어 보세요.

대화를 하다 보면 부모님, 선생님, 친구, 사랑, 전쟁, 부끄러움, 불공평 등 다양한 주제로 이야기가 이어져요. 그러면서 우리는 다른 세상을 꿈꾸지요!

그러다가 밤이 되어 혼자가 되면 그 주제에 대해 다시 생각합니다.

진짜 철학 맛보기

다른 사람들과 세상의 모든 것에 대해 이야기를 나눌 수 있다는 것은 정말 좋은 일이에요. 물론 자기 말만 하고 도무지 남의 이야기를 들으려고 하지 않는 사람들과 있으면 의견 차이를 좁히지 못해 화가 날 때도 있지만요.

하지만 의견이 다르면 좀 어때요! 우리가 함께 정한 주제에 대해 자유롭게 이야기하고 토론하는 것이 더 중요하지 않을까요? 자기 집이나 친구 집, 학교에서도 이야기를 나누면 어떨까요?

진짜 철학 맛보기

진짜 철학 맛보기에 성공하고
싶다면 몇 가지 주의할 것들이
있답니다.

● 대화 참여자 수는 10명 이내로 하는 것이 좋아요.

● 마실 음료와 간식을 미리 준비해 두면 좋고요!

● 바닥에 앉아도 좋고, 각자 편한 자세로 자유롭게 대화를
나누는 겁니다. 둥글게 빙 둘러앉아서 한가운데에 음식을
놓을 수도 있습니다.

진짜 철학 맛보기

● 대화 주제를 미리 정한 것이 아니라면 누군가가 나서서 여러 가지 주제를 제안할 수 있지요.

● 각자 가장 마음에 두고 있는 주제를 내놓습니다. 자신의 선택을 미리 말해서 다른 사람에게 영향을 주지 않도록 주의해야 해요.

● 가장 인기 있는 주제를 투표로 결정합니다. 한 사람당 한 가지 주제만 선택할 수 있어요.

● 가장 많은 표를 받은 주제가 바로 오늘의 대화 주제가 되는 것입니다.

진짜 철학 맛보기

상대의 말에 귀를 기울이고, 서로 싸우지 않으면서 나와 다른 의견을 받아들여야 합니다. 그리고 모두에게 말할 수 있는 공평한 기회를 주어야 해요. 그러려면 어떻게 해야 하는지 다음 내용을 읽어 보고 실천해 봅시다!

자, 이제 시작할까요?
한 시간 정도 대화를 나눠 보세요!
뜻깊은 하루가 될 거예요!

진짜 철학 맛보기
말과 침묵

과일 주스와 과자도 있고 대화의 주제도 벌써 준비되어 있군요! 오늘의 주제는 바로 '말과 침묵'입니다. 만약 대화를 바로 시작하기 어렵다면 다음과 같이 해 봅시다. 서로 멀뚱멀뚱 쳐다보기만 하고 아무도 말을 하지 않을 경우도 있을 테니까요.

● 10쪽의 '별, 못생긴, 귀신, 숨어 있는'과 같은 단어가 여러분의 감정을 움직인 적이 있나요?

_____

_____

● 눈을 감고 14쪽의 엘자를 생각해 보세요. 머릿속에 뭔가가 떠오르나요?

_____

_____

진짜 철학 맛보기
말과 침묵

● 47쪽의 나타샤처럼 말하기가 어려울 때가
있는 자신을 발견한 적이 있나요?

―――――――――――――――――

―――――――――――――――――

● 50쪽의 경우처럼 이야기하고 나서 기분이
나아진 적이 있나요?

―――――――――――――――――

―――――――――――――――――

―――――――――――――――――

● 69쪽에 나오는 '현자의 침묵'에 찬성하나요?

―――――――――――――――――

―――――――――――――――――

―――――――――――――――――

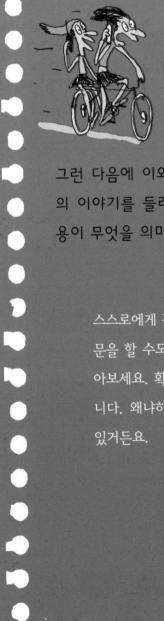

친구들과 대화할 때 이 책을 활용해 보세요. 한 친구가 먼저 본문의 일부 또는 일화 한 편을 읽습니다. 그런 다음에 이와 비슷한 경험을 한 사람이 자신의 이야기를 들려줍니다. 그러고 나서 본문의 내용이 무엇을 의미하는지 서로 이야기를 나누세요.

스스로에게 질문을 할 수도 있고 다른 사람에게 질문을 할 수도 있어요. 질문에 대한 대답을 함께 찾아보세요. 확실한 대답을 찾기 어려운 질문도 있습니다. 왜냐하면 질문 속에 또 다른 문제들이 숨어 있거든요.

몇 가지 예들을 생각나는 대로 적어 보면 다음과 같아요. 다음 질문에 전부 대답 하려면 아마 몇 시간은 걸릴 거예요!

"동물은 계획도 세울 수 있나요?"

"단어 없이 생각할 수 있나요?"

"상대방이 말을 받아 주지 않으면 기분이 왜 안 좋을까 요? 아니면 자기가 하는 말을 누군가 자르면 왜 그렇게 화가 날까요?"

"침묵이 왜 필요한가요?"

"침묵 때문에 상처 받은 경험이 있나요? 그리고 남의 말 에 상처 받은 적이 있나요?"

이제 여러분이 대답할 차례예요!
철학 맛보기 시간!
여러분의 생각을 표현해 보세요!

내 생각은…

내 이야기는···

◉ 철학 맛보기 시리즈 ◉

〈철학 맛보기〉 시리즈는 계속해서 출간될 예정입니다.

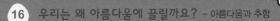

〈철학 맛보기〉 시리즈는 우리 주변에서 일어나는 일상의 일들을 생각해 보는 '생활 철학'입니다. 어린이의 눈높이에 맞게 생활 속의 이야기를 들려주고 아이들 스스로 논리적 사고를 할 수 있도록 도와줍니다.